AF603138

# LE BEAU
# MARÉCHAL

TABLEAU POPULAIRE EN UN ACTE

MÊLÉ DE COUPLETS

PAR

MM. PAUL AVENEL ET ERNEST ADAM

Représenté pour la première fois, à Paris, sur le théâtre des Folies-Dramatiques, le 18 avril 1868.

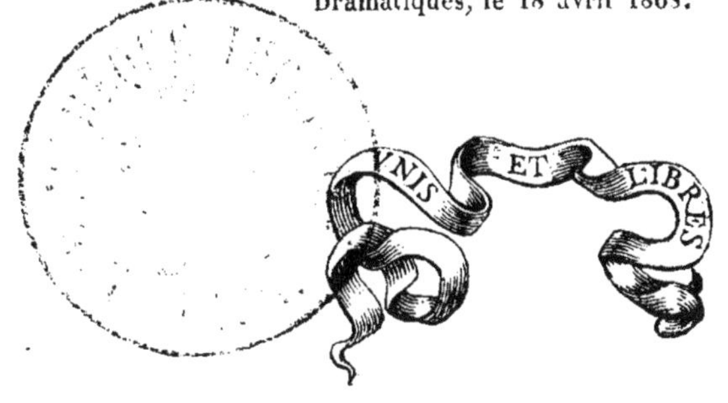



PARIS
LIBRAIRIE DRAMATIQUE
10, RUE DE LA BOURSE, 10

1868

## PERSONNAGES

—

| | |
|---|---|
| AUGUSTIN MARÉCHAL, tapissier....... | M. SPECK. |
| GALICHET, ouvrier zingueur............ | M. DEBEER. |
| FRANÇOISE, femme de Maréchal, matelassière............................ | Mme ADÈLE CUINET |
| ANGÈLE, piqueuse de bottines........... | Mlle FARVI. |

---

BIBLIOTHÈQUE SPÉCIALE

DE LA

**SOCIÉTÉ DES AUTEURS ET COMPOSITEURS DRAMATIQUES**

AGENT GÉNÉRAL : **LOUIS LACOUR**

1480.— Paris. — Typ. MORRIS et Ce, rue Amelot, 64.

# LE BEAU MARÉCHAL

Intérieur d'un ménage d'ouvriers; le bien-être y règne. — Porte au fond. — Fenêtres à droite et à gauche. — Secrétaire au premier plan. — Table à droite, chaises, etc., etc.

—

## SCÈNE PREMIÈRE

MARÉCHAL, *puis* FRANÇOISE.

MARÉCHAL, *se coiffant devant une glace.*

La! maintenant, je n'ai plus l'air d'un ouvrier tapissier... avec un peu de bonne volonté, on me prendrait pour un bureaucrate ou un employé de chemin de fer. Ah! mais quelle bonne idée a eu Françoise de célébrer l'anniversaire de notre mariage!... et nous allons nous flanquer, ici, un petit gueuleton par le bec, qui ne sera pas piqué des z'hannetons!

FRANÇOISE, *entrant par la gauche.*

Eh ben? et c'te table... on ne la met pas?

MARÉCHAL.

Si, si, ma petite femme!

FRANÇOISE.

Je vas au marché.

MARÉCHAL.

Qué que tu vas acheter?

FRANÇOISE.

D'abord... un n'homard!

MARÉCHAL.

Bon!... j'aime le n'homard... avec beaucoup de moutarde.

FRANÇOISE.

Avec ça, un pâté au jambon.

MARÉCHAL.

Fameux! avec des saucisses de Strasbourg autour, comme ornement.

FRANÇOISE.

Ça tient à l'estomac, ça... du moins je le pense.

MARÉCHAL.

Ah! comme nous nous comprenons!

FRANÇOISE.

AIR de *l'Héritière*.

D'être ta femme je suis fière,
Nous sommes deux doigts de la main.

MARÉCHAL.

Mon cœur est un calorifère
Qui brûle depuis notre hymen (*bis*).

FRANÇOISE.

Près de toi je suis bien heureuse.

MARÉCHAL.

Je suis comme un poisson dans l'eau.

FRANÇOISE.

Faut avouer que je suis chanceuse
D'avoir un mari qu'est si beau (*bis*).

FRANÇOISE.

Allons prévenir nos voisins.

MARÉCHAL.

Nos invités? tout à l'heure.

FRANÇOISE, *prenant un panier.*

Je vas chercher la nourriture.

MARÉCHAL.

Moi... je vas mettre la table.

FRANÇOISE.

Ça te regarde, ça... Eh bien! on n'embrasse pas sa petite Çoiçoise?

MARÉCHAL, *l'embrassant.*

Comment donc... mais plutôt deux fois qu'une... une, deux... Une idée... tu ferais peut-être bien de prendre encore une demi-douzaine de pieds de cochon à la Sainte-Ménehould, avec un peu de galantine.

FRANÇOISE.

Tu crois?

MARÉCHAL.

Bédame! nous serons quatre.

FRANÇOISE.

Je vas voir. (*Elle sort.*)

## SCÈNE II

MARÉCHAL, *seul.*

Voyons d'abord si nos voisins n'ont pas décanillé. (*Appelant par la fenêtre.*) Galichet!... On ne répond pas... il faut que Galichet soit parti... les ouvriers zingueurs, ça se lève très-matin. (*Il appelle.*) Ohé! Galichet!... Rien!... (*Allant à la fenêtre.*) Ohé! Galichet, ohé! vieux!... (*On entend une voix.*) Il y est... Maintenant, à mademoiselle Angèle, la charmante piqueuse de bottines. (*Allant à l'autre fenêtre.*) Ah! mais non... ça ne serait pas convenable... de l'appeler par une fenêtre... ça serait la compromettre... Galichet ira la chercher... du reste, il lui fait la cour, et je crois qu'ils ont déjà mis leur conjungo sur le tapis. (*Galichet entre.*)

## SCÈNE III

MARÉCHAL, GALICHET.

GALICHET.

Me v'là! moi!

MARÉCHAL.

Tu n'as pas encore été travailler aujourd'hui?

GALICHET.

Non, ma vieille! je pionçais...

MARÉCHAL.

C'est que j' croyais qu' t'avais oublié mon invitation.

GALICHET.

Pas de danger, va!... je t'estime trop pour te manquer! je pionçais en attendant.

MARÉCHAL.

Ma femme a invité Angèle.

GALICHET.

Ah!

MARÉCHAL.

La piqueuse de bottines.

GALICHET.

J'avais compris...

MARÉCHAL.

Tu la courtises?

GALICHET.

Oui... oui... nous sommes au mieux... moralement.

MARÉCHAL.

Air : *la Violette* (Kriesel).

Eh bien! tant mieux, Angèle est très-gentille,
Elle a des mœurs et de fort jolis yeux;
Et puis après, c'est une bonne fille
Qu'est à son aise et c'est très-laborieux.

GALICHET.

C'est un bijou, je la crois bonne et franche;
Pour l'épouser je veux tout employer;
Je lui connais un peu d' pain sur la planche
Et puis encor de beaux meubl's en noyer.

ENSEMBLE.

Eh bien! etc.

MARÉCHAL.

A quand la noce?

GALICHET.

J'en sais rien.

MARÉCHAL.

La femme a été donnée à l'homme pour embellir son existence!

GALICHET.

En raccommodant ses frusques et en lui faisant la soupe aux choux.

MARÉCHAL.

Tu n'es pas poétique, toi!

GALICHET.

Je suis ouvrier zingueur, je gagne huit francs par jour et je les mange tout seul... voilà mon caractère!

MARÉCHAL.

Mais quand tu seras marié?

GALICHET.

Oh! ce sera différent!

MARÉCHAL.

A la bonne heure!

GALICHET.

En attendant, j' vas prendre l'absinthe... Avant déjeuner, veux-tu siffler une absinthe avec moi?

MARÉCHAL.

Merci!... On monte l'escalier... c'est mademoiselle Angèle.

GALICHET.

Ayons de la tenue. (*Entre Angèle, portant un petit panier.*)

## SCÈNE IV

GALICHET, ANGÈLE, MARÉCHAL.

ANGÈLE.

Messieurs, je vous salue.

MARÉCHAL.

Mam'zelle... je suis le vôtre!

GALICHET, *avec intention.*

Et moi pareillement, mam'zelle Angèle!

ANGÈLE.

Tiens, madame Maréchal n'est pas là?

MARÉCHAL.

Non, mam'zelle... elle va rentrer.

ANGÈLE.

Je reviendrai. (*Elle remonte.*)

MARÉCHAL.

Comment... vous partez? (*Il la ramène sur l'avant-scène.*)

ANGÈLE.

J'ai de l'ouvrage...

MARÉCHAL.

Qu'est-ce que vous avez dans ce petit panier?... des petites bottines... (*il en tire du panier*) d'enfant?

ANGÈLE.

C'est pour une voisine!

MARÉCHAL.

Qu'a eu un enfant?

GALICHET.

Probablement!

MARÉCHAL.

Du reste, ça se voit tous les jours, qu'une voisine...

GALICHET, *à lui-même.*

C'est étonnant comme, c't' année, y a eu des nouveaunés dans le quartier.

MARÉCHAL, *à demi-voix.*

C'est la saison qui veut ça.

GALICHET.

Les parents y sont aussi pour quéque chose.

ANGÈLE.

Monsieur Galichet, descendez-vous?

GALICHET.

Volontiers!

MARÉCHAL.

Vous savez que je vous attends pour déjeuner?

GALICHET *et* ANGÈLE.

Oui! oui!

MARÉCHAL.

AIR

Bientôt sur cette table
Le couvert sera mis;
Car je trouve agréable
De traiter ses amis.

ENSEMBLE.

ANGÈLE *et* GALICHET.

Bientôt sur cette table
Not' couvert sera mis;
Car il trouve agréable
De traiter les amis.

## SCÈNE V

MARÉCHAL.

Allons vite... la table là... la nappe?... Bah! on peut bien manger sans nappe!... les assiettes?... (*il va au buffet*) les couteaux?... l'argenterie en fer battu?... Il n'y a que trois fourchettes? ous donc que ma femme a fourré la quatrième, car je suis bien sûr de lui en avoir apporté quatre par contrat de mariage... Ah! bah! Galichet mangera avec ses doigts... un zingueur!... Oui, mais s'il ne s'était pas lavé les mains!... Il me faut ma fourchette... ma femme l'a peut-être serrée dans le secrétaire... (*il ouvre le secrétaire*) il n'y a qu'elle qui ouvre ce meuble... (*Cherchant.*) Non... il n'y a rien... Ah! dans ce papier... qu'est-ce qui peut y avoir?... Un médaillon... et dedans des cheveux blonds... qu'est-ce qu'a des cheveux blonds ici?... c'est pas moi... je suis noir comme une taupe... Faut pourtant que je sache à quoi m'en tenir. Il y a quelque chose là-dessus gravé en taille d'ourse: « A Françoise... » Françoise... c'est ma femme... voyons qu'est-ce qu'est son amant... que je lui casse quéque chose... Qu'est-ce qu'est blond ici?... Ah! malheur! moi qu'aimais tant Françoise!... La voilà! ne restons pas ici, car je ferais quéque bêtise; dissimulons. (*Il va refermer le secrétaire. Françoise entre, son panier plein de provisions.*)

## SCÈNE VI

MARÉCHAL, FRANÇOISE.

FRANÇOISE.

Ah! mon bon chéri, j' suis t'y éreintée... cet escalier est d'une raideur... (*Elle pose son panier à terre.*)

MARÉCHAL, *à part.*

Le sang me monte à la tête... (*Il met sa casquette, qu'il prend sur un meuble.*) Y a pas à dire, faut que je sorte... j'ai besoin d'air.

FRANÇOISE.

Allons-nous faire un soigné de Balthazar avec tout ça... (*Changeant de ton.*) Pourquoi que t'as ta casquette?... tu sors donc?

MARÉCHAL.

Oui, j'attendais ton retour pour m'en aller... le patron m'a envoyé chercher... pour examiner un meuble... qu'on veut lui vendre...

FRANÇOISE.

Tu ne seras pas longtemps?

MARÉCHAL.

Le temps d'aller et de revenir.

FRANÇOISE.

Eh bien! va, cours, mon bon chéri... en ton absence, je vas finir de préparer notre petite fête.

MARÉCHAL, *à part.*

Et moi qui l'aimais tant!... ah! malheur!... (*Il sort précipitamment.*)

FRANÇOISE.

Il ne m'embrasse pas!... qu'est-ce qu'il a donc?... (*Courant au fond.*) Ohé! Maréchal!... Il descend l'escalier quatre à quatre... c'est drôle! (*Elle redescend a scène et regarde avec curiosité autour d'elle.*)

## SCÈNE VII

FRANÇOISE, *seule. Elle revient à la table.*

Pourquoi donc qu'il me fait la mine? est-ce qu'il a trouvé un hanneton dans le beurre?... Un homme, c'est comme un baromètre, ça suit le temps; c'est gai ou triste... Il s'est peut-être un peu ennuyé parce que j'ai été longtemps... Dame! y m' fallait un n'homard qui sentît bon... et pour ça, j'ai été jusqu'à la halle... je ne veux pas qu'y mange mauvais... ce bon chéri!

AIR : *On prend un ange d'innocence* (*Barbe-Bleue*).

Après tout, j' suis p't-'êtr' bien bête
D'accuser mon homme de froideur.
J'ai tort de me monter la tête
Sans avoir questionné son cœur.
Ne jouons pas le mauvais rôle,
Je l'aime comme le bon pain.
C'est vrai qu'il m'a semblé tout drôle,
C'est sans doute parce qu'il avait faim.
Mais il reprendra son bon rôle
Au dessert de notre festin;
Le fait est que l'on est plus drôle
Quand on a pris un verre de vin.

C'est égal, depuis que nous sommes mariés, c'est la première fois que Maréchal me quitte fâché!... Après ça, il est peut-être contrarié que son patron le demande, juste au moment de nous mettre à table.

## SCÈNE VIII

FRANÇOISE, ANGÈLE.

ANGÈLE, *entrant du fond.*

Vous êtes seule?

FRANÇOISE.

Oui!

ANGÈLE.

Je suis déjà venue... Voici les petites bottines.

FRANÇOISE, *les prenant.*

Sont-elles gentilles!... Je vais les serrer tout de suite. (*Elle ouvre le secrétaire et y fourre les bottines.*)

ANGÈLE.

Je me suis levée de grand matin pour les finir.

FRANÇOISE.

Vous êtes une bonne fille, vous... Combien que je vous dois?

ANGÈLE.

Pour vous, c'est trois francs.

FRANÇOISE, *payant.*

Les v'là!

ANGÈLE.

Merci!

FRANÇOISE.

Et Galichet, est-il prévenu?

ANGÈLE.

Oui... il a vu monsieur Maréchal tout à l'heure. Oh! ne vous inquiétez pas... quand on se mettra à table, il sera là...

FRANÇOISE.

Quand nous inviterez-vous à la noce?

ANGÈLE, *avec indifférence.*

Bientôt, sans doute!...

FRANÇOISE.

Comme vous dites cela!... vous n'avez donc pas la démangeaison du mariage?

ANGÈLE.

Si je croyais que Galichet ait les qualités de votre mari, dans quinze jours cela serait fait... mais j'hésite...

FRANÇOISE.

Les hommes sont généralement de mauvais garnements... mais quand on a de la tête, ils sont ce qu'on les fait. (*An-*

*gèle se lève.*) Maréchal, il y a quelques années, avait plus de vices que de vertus... mais, à la longue, il s'est corrigé. Il m'a juré de ne plus aller au cabaret, et depuis qu'il est mon mari, je n'ai rien eu à lui reprocher. Il travaille dans la tapisserie, moi je suis matelassière, nous gagnons chacun de notre côté, et nous boulottons l'existence assez agréablement.

ANGÈLE.

Si Galichet voulait être raisonnable...

FRANÇOISE.

Son seul défaut est de boire un peu... Dame! c't' homme est dans le zinc... et le zinc, ça donne soif.

ANGÈLE.

S'il ne buvait qu'à sa soif... mais c'est que parfois il boit au delà de sa soif.

FRANÇOISE.

C'est par désœuvrement. Si vraiment il vous aime, il se déshabituera de lever le coude... il n'est pas méchant...

ANGÈLE.

Oh! non, il n'est pas méchant.

FRANÇOISE.

Avec de l'adresse, vous en ferez ce que vous voudrez.

ANGÈLE.

Vous croyez?

FRANÇOISE.

Faut toujours que tôt ou tard une femme ait un homme, pas vrai? Eh bien! faut se résigner et savoir le prendre par la douceur; s'il grogne, on montre les dents... surtout quand on en a de jolies comme les vôtres... La femme doit mener l'homme!

AIR : *Rien n'est sacré pour un Sapeur.*

Il faut avoir du caractère
Et l' prendre par les sentiments,

Faut être juste, mais sévère,
Et par instants montrer les dents,
Les hommes sont de grands enfants (*bis*).
Mais si vous avez d' la faiblesse,
Ma chère, j' vous l' dis entre nous,
Ah!
Et souvent, quoiqu'on le caresse,
Il devient brutal et jaloux;
Si vous n'employez pas l'adresse,
Rien n'est sacré (*bis*) pour un époux!

ANGÈLE.

Et vous êtes très-heureuse?

FRANÇOISE.

Mais oui.

ANGÈLE.

Oh! si Galichet voulait me promettre...

FRANÇOISE.

Ça dépend de vous. Écoutez-moi bien : Un homme est comme qui dirait une horloge : si ça avance... on la retarde... si ça retarde, un coup de pouce... et, quand ça va juste, quand c'est réglé, enfin, c'est le bonheur... on est heureux! c'est pas plus malin que ça!

AIR :

Alors il faut, dans sa demeure,
Qu'un mari soit un méridien,
Et quand on l'a bien mis à l'heure,
On espèr' qu'il marchera bien.
Mais pour ça, faut qu' l'amour se loge
Dans sa caboche et dans son cœur;
Faudrait pas qu'un' pareille horloge
Se mette en r'tard sur vot' bonheur.

ANGÈLE.

Je suivrai vos conseils.

FRANÇOISE, *changeant de ton.*

Demain, j'irai à Nogent... viendrez-vous avec moi?

ANGÈLE.

Porter les petites bottines, oui!

FRANÇOISE, *à demi-voix.*

Chut donc! pas si haut!

ANGÈLE.

V'là monsieur Galichet.

## SCÈNE IX

ANGELE, GALICHET, FRANÇOISE.

GALICHET.

Lui-même! Bonjour, mame Maréchal! et la compagnie... Eh ben! on ne mange donc pas?

FRANÇOISE.

Tout à l'heure.

GALICHET.

Ous donc qu'est Maréchal? je ne vois pas Maréchal.

ANGÈLE.

Est-ce que vous auriez déjà bu, monsieur Galichet?

GALICHET.

Oh! non, ange de ma vie!... Je viens, avant de becqueter,

de prendre une absinthe pour me mettre en appétit... où est le mal ?

FRANÇOISE.

Ce n'est pas bien de trop boire...

GALICHET.

Le zinc a ses exigences... (*à Angèle*) mais une fois marié... je ne boirai plus que de l'eau.

ANGÈLE.

Nous verrons ça.

FRANÇOISE, *à part.*

Maréchal est bien long à revenir... Est-ce que sa course à l'atelier serait une craque? Je vas m'en assurer... (*Haut.*) Avant que Maréchal ne rentre, je vas chercher du vin...

GALICHET.

C'est ça, beaucoup de vin.

ANGÈLE.

Et moi, de l'eau de Seltz; attendez-moi !

GALICHET.

Il est donc frêle votre petite estomaque?

ANGÈLE, *en s'en allant.*

Assurément, il n'est pas comme le vôtre.

GALICHET.

Le mien? il est en zinc! (*Françoise et Angèle sortent.*)

## SCÈNE X

GALICHET.

Je ne sais pas, mais ma fiancée me regarde d'un air singulier... Est-ce que madame Maréchal monterait la tête à ma rosière... en bottines... Faudrait voir! Qu'elle prenne garde à elle... Angèle m'en a dit assez, et je sais bien que ce n'est pas dans le nez que ça la chatouille!... si je disais un mot, Maréchal filerait du côté de Nogent... et... madame ne poserait plus pour... le prix de vertu... J'y ai ben pas de prétention, moi, au prix de vertu... j' suis modeste, v'là tout!

## SCÈNE XI

GALICHET, MARÉCHAL. *Maréchal est entré sans voir d'abord Galichet.*

MARÉCHAL.

Non, je peux pas vivre comme ça!

GALICHET.

Qu'est-ce que t'as donc, vieux?

MARÉCHAL, *allant à lui et lui jetant son chapeau par terre d'un revers de main.*

Je m'en doutais!... c'est lui qu'a les cheveux blonds!...

GALICHET.

Pourquoi donc que tu me mécanises, toi?

MARÉCHAL.

Pourquoi que t'as les cheveux blonds?

GALICHET.

Ce n'est pas ma faute... j'y suis pour rien...

MARÉCHAL.

Allons, zingueur, avance ici.

GALICHET.

Quoi?

MARÉCHAL.

J'ai à te parler...

GALICHET, *tremblant.*

Parle! Je ne te crains pas, va!

MARÉCHAL.

Est-ce que, par hasard, tu donnerais de tes cheveux aux femmes que tu honores de tes faveurs?

GALICHET, *avec fatuité.*

Dame! ça m'est arrivé.

MARÉCHAL, *le menaçant.*

Si je croyais ça!... (*Il s'arrête tout à coup.*)

GALICHET.

Tu peux le croire! Il me semble que, comme distinction, je te vaux.

MARÉCHAL.

Ne me goguenarde pas, entends-tu?

GALICHET.

Ah! mais, tapissier, tapissier...

MARÉCHAL, *furieux et s'avançant sur lui.*

Ah! si je ne me retenais... (*En reculant, Galichet a laissé tomber une lettre; Maréchal la ramasse.*)

MARÉCHAL.

Qu'est-ce que c'est que ça...

GALICHET.

Ça, c'est une lettre que la portière m'avait dit de monter... et j'ai oublié de la remettre à son adresse...

MARÉCHAL.

Elle est adressée à ma femme!...

GALICHET.

Oui... en toutes lettres.

MARÉCHAL, *à part.*

Soyons prudent. (*Haut.*) Je la remettrai à Françoise.

GALICHET.

T'es pas jaloux, toi?

MARÉCHAL.

Non... non... c'est pas dans ma nature. Tout à l'heure, avant de te demander cette lettre, je voulais te faire peur...

GALICHET, *se remettant.*

Il faudrait un autre coco que toi pour me faire peur... C'est pas Nini qu'on épate!... oh! là! là!

MARÉCHAL, *à part.*

S'il pouvait s'en aller. (*Haut.*) Nous ne déjeunerons que dans une demi-heure.

GALICHET.

Fallait le dire plus tôt.

MARÉCHAL.

Mon vieux, retourne dans ton bocal... Quand les hors-d'œuvre seront servis, je t'appellerai.

GALICHET.

Bon! J' vas prendre une autre absinthe. Dis donc, viens-tu siffler une absinthe avec moi.

MARÉCHAL, *le reconduisant.*

C'est ça, empoisonne-toi à ma santé.

## SCÈNE XII

MARÉCHAL, *regardant autour de lui.*

Seul!... lisons!... (*Il décachète la lettre.*) « Madame, votre fille va toujours bien... Quoique je ne sois que sa nourrice j'aime cette enfant... comme vous l'aimez... comme une mère... » (*Parlé.*) Comme une mère!... Ah! si Françoise était coupable... si elle m'avait trompé... Oh! Je la tuerais!... (*Lisant.*) « Comme une mère... envoyez-moi les petites bottines que vous m'avez promises... Signé : femme Dumont. » (*Parlé.*) Non, je ne croirai jamais que ce vilain chinois de Galichet ait été l'amant de ma femme!... La voilà! (*Il cache la lettre.*)

## SCENE XIII

MARÉCHAL, FRANÇOISE.

FRANÇOISE, *avec énergie.*

Tu ne viens pas de chez ton patron.

MARÉCHAL.

Non!

FRANÇOISE.

Où as-tu été alors?

MARÉCHAL.

Où ça m'a fait plaisir.

FRANÇOISE.

Qu'as-tu donc?

MARÉCHAL.

J'ai ce que j'ai... et puis après?

FRANÇOISE.

Enfin parle, explique-toi.

MARÉCHAL, *lui montrant le médaillon.*

Qu'est-ce que c'est que ça?

FRANÇOISE, *regardant le bijou.*

Ça?... (*Changeant de ton.*) Tu fouilles donc dans mes tiroirs?...

MARÉCHAL.

Il paraît.

FRANÇOISE.

Et la raison ?

MARÉCHAL.

Pour me distraire et m'instruire.

FRANÇOISE.

Ah !

MARÉCHAL.

Oui !

FRANÇOISE.

Monsieur est indiscret et jaloux ?

MARÉCHAL.

Possible !

FRANÇOISE, *l'imitant.*

Possible !

MARÉCHAL.

Est-ce que je n'ai pas le droit de fouiller partout?

FRANÇOISE.

C'est vrai ; mais le bon sens devrait vous dire qu'il y a des secrets qu'il faudrait respecter... Les femmes ont toujours besoin de cacher quelque chose... à leur mari surtout.

MARÉCHAL.

Et à leur amant? rien ?

FRANÇOISE, *à part.*

Qu'est-ce qu'il veut dire?

ARÉCHAL.

Vous ne répondez pas?

FRANÇOISE.

Que voulez-vous que je vous réponde ?

MARÉCHAL, *menaçant.*

Je veux que tu me dises...

FRANÇOISE.

Quoi donc?

MARÉCHAL.

D'où que ça vient, ça! et à qui appartiennent les cheveux qui sont là-dedans?

FRANÇOISE.

C'est sérieusement que vous me demandez ça?

MARÉCHAL.

Mais oui.

FRANÇOISE.

Vous doutez donc de moi?

MARÉCHAL, *hésitant.*

Mais non!

FRANÇOISE.

Alors, il est inutile que je vous le dise... si vous avez confiance en moi.

MARÉCHAL.

Ah! Françoise... prends garde!

FRANÇOISE.

Vous me menacez!

MARÉCHAL, *s'avançant vers elle.*

Ne me pousse pas à bout... car je ne serais plus maître de moi... et...

FRANÇOISE.

Et... quoi?

MARÉCHAL, *éclatant.*

D'où te vient ce bijou?

FRANÇOISE.

Vous ne le saurez pas.

MARÉCHAL, *levant la main.*

Je veux que tu me le dises.

FRANÇOISE, *avec sang-froid.*

Eh bien... monsieur Augustin Maréchal, vous levez la main sur votre femme... Vous voulez donc me frapper? Est-ce que vous croyez que j'ai peur de vous?

MARÉCHAL.

Ah! ne m'exaspère pas... je t'en supplie... Dis-moi...

FRANÇOISE.

Je ne répondrai jamais de force aux questions d'un homme jaloux et brutal. Si vous êtes fort, Augustin... je suis courageuse, moi!... Vous pouvez me frapper et puis me tuer si vous voulez, mais je ne reculerai pas.

MARÉCHAL, *s'avançant sur elle.*

Parleras-tu?

FRANÇOISE.

Faut-il que vous soyez lâche de lever la main sur une femme!

MARÉCHAL, *furieux.*

Lâche! moi!

FRANÇOISE.

Oui... vous!... Vous ne me faites pas peur, allez... Tuez-moi donc!

MARÉCHAL, *après hésitation; à part.*

Elle a raison... je suis un brutal et un lâche! (*Il sort par la droite.*)

## SCÈNE XIV

FRANÇOISE, *le regardant sortir.*

Parce que ça a de grands bras et de gros poings, ça croit vous effrayer, oh! là! là! mon pauvre Augustin, tu te mets furieusement le doigt dans la prunelle!...

## SCÈNE XV

FRANÇOISE, ANGÈLE, GALICHET.

ANGÈLE, *que Galichet veut embrasser.*

Qu'est-ce que c'est que ces manières-là! Voulez-vous bien me laisser tranquille?

GALICHET.

Je croyais qu'on avait appelé pour le déjeuner...

FRANÇOISE.

Vous vous êtes trompé.

GALICHET.

Ah!

FRANÇOISE, *bas à Angèle.*

Je crois que je ne pourrai pas aller demain à Nogent... Voudrez-vous y aller à ma place?

ANGÈLE.

Volontiers.

FRANÇOISE.

Je vas mettre les petites bottines dans le paquet de linge. (*Elle va au secrétaire, prend les bottines et sort par une des portes latérales.*)

GALICHET, *à lui-même.*

Elles ont chuchoté... encore quelque potin sous roche... Il faut toujours, les femmes, que ça potinasse. (*Angèle a reconduit Françoise jusqu'à la porte de gauche, par où elle sort.*)

## SCÈNE XVI

ANGÈLE, GALICHET.

GALICHET, *allant lui pincer la taille.*

Mam'zelle Angèle?

ANGÈLE, *jetant un grand cri.*

Ah! que vous êtes bête! vous m'avez fait peur. Est-ce que ça va recommencer?

GALICHET.

Qu'est-ce que vous marmottiez donc là avec la bourgeoise?

ANGÈLE, *descendant la scène.*

Rien.

GALICHET, *la suivant.*

Ne dissimulez pas... J'ai tout entendu de chez moi.

ANGÈLE.

Quoi?

GALICHET.

La scène de ménage qui a eu lieu tout à l'heure entre les époux Maréchal.

ANGÈLE.

Quelle scène?

GALICHET.

Mais il n'y a qu'un instant... ils se disputaient!

ANGÈLE.

Ici?

GALICHET.

Eh! oui!

ANGÈLE.

Je n'en sais rien.

GALICHET.

De chez moi j'ai tout entendu, que je vous dis.

ANGÈLE.

Je ne vous comprends pas !

GALICHET.

Ah ! laissez donc ! Vous faites la discrète. Ils se chamaillaient à propos de l'enfant qui est en nourrice à Nogent.

ANGÈLE.

Vous savez donc...

GALICHET.

Eh ! oui ! Un jour que nous nous promenions... à la campagne... sous le marronnier du 20 mars, vous m'avez conté ça...

ANGÈLE.

Moi, je vous ai parlé de sa petite nièce ?...

GALICHET, *goguenardant.*

Sa petite nièce ! Soit ! mettons sa nièce... et à qui encore ?... A lui ou à elle ?

ANGÈLE, *à part.*

Il m'ennuie avec ses questions...

GALICHET.

Du reste, ça m'est z-inférieur ! il me suffit de savoir qu'il y a quéque chose qui n'est pas claire dans le ménage Maréchal...

ANGÈLE.

Mauvaise langue !

GALICHET.

Malgré ça, Maréchal fait sa tête... Il pose pour l'ouvrier laborieux... As-tu fini ! Et par moments, il se donne des airs de bourgeois, que ça m'en fait mal !...

ANGÈLE.

Vous avez tort de parler ainsi de votre ami.

GALICHET.

Avec ça qu'il ne me coupe pas en morceaux quand il le peut !

ANGÈLE.

Lui, c'est possible, mais elle, Françoise?

GALICHET.

Elle, comme les autres!

ANGÈLE, *avec sentiment.*

Elle est bonne et elle a du cœur.

GALICHET, *avec éclat.*

Mais, aujourd'hui, tout le monde en a du cœur... C'est la conséquence de la civilisation.

ANGÈLE, *remontant la scène.*

Enfin, ne dites rien de tout cela...

GALICHET, *id.*

Je vous le promets, mademoiselle Angèle... Mais sachez une chose : Si, dans le ménage Maréchal, il ne règne pas la morale la plus pure... je romps avec *eusses*... et si vous voulez, un de ces jours nous irons à Nogent... *(Ils sortent par le fond.)*

## SCÈNE XVII

MARÉCHAL, *puis* FRANÇOISE.

MARÉCHAL, *qui est entré par la porte de droite sur les dernières paroles.*

A Nogent! Comment! comment, jusqu'à ce zingueur qui parle de Nogent! Il en sait plus long que moi sur toutes ces manigances-là; ah! malheur! *(Il va pour courir après Galichet et aperçoit Françoise.)*

FRANÇOISE, *elle entre portant un paquet à la main, à part.*

Lui! *(Elle pose le paquet sur une chaise comme pour le cacher.)*

MARÉCHAL, *sans se retourner.*

La voilà!

FRANÇOISE.

Ah! vous êtes là?

MARÉCHAL, *à part.*

Employons la douceur.

FRANÇOISE, *descendant jusqu'à côté de lui.*

Regardez-moi donc bien en face... Est-ce que vous allez redevenir ce que vous étiez autrefois... un mauvais sujet?

MARÉCHAL.

Un mauvais sujet!

FRANÇOISE.

Qu'étiez-vous donc quand vous courtisiez les jeunes ouvrières du faubourg Saint-Antoine?... Vous leur tourniez la tête à toutes, parce que vous étiez aimable, une vraie pratique... quoi! Et que vos prouesses vous avaient fait surnommer le *beau Maréchal*... En avez-vous trompé de ces malheureuses!

MARÉCHAL.

C'est un peu vrai!

FRANÇOISE.

Comment... un peu?... beaucoup!

MARÉCHAL.

Est-ce que depuis notre mariage vous avez eu quelque chose à me reprocher?

FRANÇOISE.

Non. C'est aujourd'hui pour la première fois que vous avez été envers moi grossier, brutal et jaloux.

MARÉCHAL.

Ah! si on peut dire!

FRANÇOISE.

Mais puisque je n'ai plus votre confiance, ça ne peut pas durer ainsi... Vous reprendrez votre liberté et moi la mienne. Vous avez un bon état, moi aussi... Nous pourrons vivre chacun de notre côté.

MARÉCHAL.

Pourquoi ne m'avoir pas donné des explications sur ce que je demandais?

FRANÇOISE.

Parce que je ne voulais pas vous en donner.

MARÉCHAL.

Et à présent?

FRANÇOISE.

A présent, vous permettrez de ne plus vous répondre... Vous vous êtes rendu indigne de ce que j'avais là pour vous... (*Elle met la main sur son cœur.*) Comment, Monsieur de butte en blanc se permettre de me soupçonner... Il ose m'accuser d'avoir un amant... et il ose lever la main sur moi... Assez causé... Je ne vous aime plus!

MARÉCHAL.

O Françoise!

FRANÇOISE.

Pourquoi n'ai-je pas écouté ce qu'on m'a dit?

MARÉCHAL.

Et qu'est-ce qu'on vous avait dit?

FRANÇOISE.

Vous tenez à le savoir?

MARÉCHAL.

Oui!

FRANÇOISE.

On m'avait dit : Faut pas épouser le *beau Maréchal!* C'est un vaurien, qui rendra sa femme malheureuse! Un homme qui fréquente les bals et les cabarets fait rarement un bon mari. Ça aime par caprice, ça a des bouffées d'amour et c'est incapable de rentrer dans la voie des bons sentiments.

MARÉCHAL.

C'est vrai! j'étais alors un vrai noceur; mais, maintenant, est-ce que je ne suis pas un ouvrier modèle?

FRANÇOISE.

A part la scène de ce matin, je n'ai rien à vous reprocher.

MARÉCHAL, *tirant la lettre de sa poche.*

Ah! joubliais! le portier m'a remis pour toi une lettre.

FRANÇOISE.

Une lettre?

MARÉCHAL.

Qui vient de Nogent...

FRANÇOISE.

De Nogent?

MARÉCHAL.

Je la croyais pour moi, je l'ai décachetée... mais je ne l'ai pas lue. (*Il la lui tend.*)

FRANÇOISE, *prenant, puis la lui rendant.*

Je ne veux plus avoir rien de caché pour vous... vous pouvez la lire.

MARÉCHAL, *étonné.*

Je peux la lire.

FRANÇOISE.

Oui.

MARÉCHAL, *ouvrant la lettre.*

Vous savez donc qui est-ce qui vous écrit?

FRANÇOISE.

Oui... c'est la nourrice... la nourrice de votre enfant.

MARÉCHAL, *surpris.*

De mon enfant!

FRANÇOISE.

De votre petite fille.

MARÉCHAL, *même jeu.*

A moi?

FRANÇOISE.

Oui, à vous.

MARÉCHAL, *même jeu, parcourant la lettre des yeux.*

Elle est mauvaise, celle-là!

FRANÇOISE.

La seule chose qui vous a toujours manqué envers moi... c'est la franchise... Vous ne m'avez jamais dit que vous aviez eu pour maîtresse Célestine Gauthier.

MARÉCHAL.

C'est vrai... j'ai pas osé... de peur de te faire de la peine.

FRANÇOISE.

Vous avez abandonné cette jeune fille pour m'épouser.

MARÉCHAL.

C'est vrai !

FRANÇOISE, *avec sentiment.*

Eh bien ! un mois après notre mariage, je fus mandée à l'hôpital de Lariboisière... Là, je trouvai une jeune femme mourante... Elle me dit : Puisque vous avez épousé Augustin Maréchal, ne séparez pas l'enfant du père... Cet enfant est le sien ! Je pris la petite fille qu'elle me présentait, et une heure après... la pauvre jeune femme... était morte ! C'était Célestine Gauthier !

MARÉCHAL.

Oh ! je devine tout maintenant... La petite a été mise en nourrice à Nogent...

FRANÇOISE.

Et les cheveux blonds du médaillon étaient les siens.

MARÉCHAL.

Pas possible !

FRANÇOISE.

Suis-je donc si coupable ?

MARÉCHAL, *avec élan.*

Oh ! non, sacrebleu ! Françoise, tu as du cœur, toi !... Et moi, je ne suis qu'un pas grand'chose ! Et je te demande pardon à genoux. (*Il va pour se mettre à genoux.*)

FRANÇOISE, *l'en empêchant.*

Embrasse-moi... ça vaudra mieux !

MARÉCHAL.

Et dire que personne ne connaît ton bon cœur !

FRANÇOISE.

Angèle a été ma complice dans tout ça ; Célestine Gauthier était une de ses amies !

MARÉCHAL.

Il faut que je l'embrasse aussi. (*Il saute et rit comme un fou.*)

FRANÇOISE.

La voilà! (*Angèle, suivie de Galichet, entre par le fond. Galichet s'arrête sur le seuil.*)

## SCÈNE XVIII

LES MÊMES, ANGÈLE, *puis* GALICHET.

MARÉCHAL.

Je sais tout, mam'zelle Angèle, faut que je vous embrasse! (*Il l'embrasse.*)

ANGÈLE.

Qu'est-ce qu'il a?

MARÉCHAL.

Encore! encore! (*Il l'embrasse de nouveau.*)

GALICHET, *au fond.*

Ah! mais... Hé! là-bas!

MARÉCHAL.

Ah! te voilà, toi, beau blond! (*Il lui donne une bourrade, et d'un coup de main il lui enfonce son chapeau sur le nez.*)

GALICHET.

Il est fou!

MARÉCHAL.

A pas peur!... c'est moi qui payerai la casse!

GALICHET.

C'est pas une raison pour me mettre en morceaux.

MARÉCHAL.

Voyons, zingueur, t'es mon ami?

GALICHET.

Je le crois.

MARÉCHAL.

Eh bien... épouse Angèle... c'est une bonne fille.

GALICHET.

Je n'en doute pas.

MARÉCHAL.

Elle vaut mieux que toi... tu seras heureux avec elle... et elle te rendra laborieux... (*A Angèle.*) Consentez-vous à épouser Cyprien Galichet?

ANGÈLE.

Oui!

MARÉCHAL, *à Galichet.*

Et toi, vieux?

GALICHET.

S'il ne me faut que mon consentement... je me le donne.

MARÉCHAL.

Alors, dans quinze jours la noce. Nous allons faire tout de suite le repas des fiançailles, et tantôt je vous emmènerai tous à la campagne, à Nogent.

TOUS.

A Nogent?

MARÉCHAL.

Oui. Et maintenant, mes amis, à table!

TOUS.

A table!

AIR : *Bitte et Bosse* (Darcier).

Vite à table,
A cett' table,
Depuis une heure, un repas nous attend.
L' confortable,
C'est aimable;
Mes chers amis, amusons-nous gaîment.

FIN

Paris. — Typ. Morris et Comp., rue Amelot.

EN VENTE A LA LIBRAIRIE DRAMATIQUE

**10, rue de la Bourse, et rue des Colonnes, 9**

*L'Affaire Clément-sol*, vaud., 1 acte.. » 60
*L'Africaine pour rire*, parod., 1 a.... » 60
*L'Ahuri de Chaillot*, vaud., 5 actes... » 75
*A la Salle de police*, croquis, 1 acte... » 60
*Les Amoureux de Lucette*, com. 1 a.. 1 »
*Les Amoureux de Marton*, com. 1 a.. 1 »
*L'Amour médecin*, comédie, 3 actes... 5 »
*L'Article VI*, vaud., 1 acte.......... 1 »
*A Quinze ans*, vaud. 1 acte........ » 60
*L'Associé de Crampon*, v. 1 a........ » 30
*Aux Arrêts*, com., 1 acte.......... 1 »
*Bas-de-Cuir*, drame, 5 a. 8 tabl....... 1 50
*Bettina*, op. comique, 1 acte........ 1 »
*La Bonne aux Camélias*, vaud. 1 a... 1 »
*Le Cadeau d'un Horloger*, vaud., 1 a.. » 60
*C'est au-dessus*, com. 1 a.......... 1 »
*Le Chanteur florentin*, sc., 1 acte.... » 60
*La Charité*, pièce de vers.......... » 25
*Le Château de Rochefontaine*, c., 3 a.. 1 »
*Un Chef-d'œuvre en sapin*, fol. m., 1 a. » 60
*Les Chemins de fer*, pièce 5 a........ 2 »
*Le Chevalier Satan*, vaud, 1 acte..... » 60
*Les Chevaliers de la Table-Ronde*, o. 3 a. 1 50
*Chez les Montagnards...*, vaud., 1 a.. » 60
*La Chouanne*, drame, 5 actes........ 2 »
*Les 500 francs de Joseph*, vaud., 1 a.. 1 »
*Une Circulaire filiale*, vaud., 1 acte... 1 »
*Comte et Marquise*, vaud., 1 acte..... 1 »
*Le Coup de Jarnac*, drame, 5 actes.... 1 50
*Un Coup de soleil*, vaud., 1 acte..... 1 »
*La Course au corset*, vaud., 2 actes.. » 60
*Dans le pétrin*, fol.-op. 1 a.......... » 60
*Le Danseur de corde*, opéra c., 2 a... 1 »
*Les Défauts de Jacotte*, opérette, 1 a.. 1 »
*Le Docteur Crispin*, op. bouffe, 4 a... 1 50
*Un Dragon à la mamelle*, vaud., 2 a. » 60
*Un Duel à trois*, com., 1 a.............. » 60
*L'Ecaillère africaine*, operette, 1 acte. 1 »
*Egill le Démon*, drame, 3 actes.. ... 1 »
*L'Enlèvement au Bouquet*, c.-v., 1 a.. 1 »
*Entre Onze heures et Minuit*, co. 1 a. » 60
*Entrez! vous êtes chez vous*, vaud 5 a. » 40
*L'Expiation*, drame, 3 actes ........ 1 »
*Une Fausse Alerte*, com. 1 a......... 1 »
*Les Exploits de Sylvestre*, opére, 1 a.. 1 »
*Faut nous payer ça*, coupl........... » 15
*Feu la Contrainte par corps*, v., 1 a. 1 »
*La Fiancée de Corinthe*, op. com., 1 a. 1 »
*Le Fils du Brigadier*, op.-com., 3 a.. 1 »
*Le Fou d'en face*, comédie, 1 acte... 1 »
*Les Français à Lisbonne*, pièce 4 act. » 50
*Francastor*, opérette, 1 acte......... 1 »
*Un Gendre*, comédie, 4 actes......... 2 »
*Le Gentilhomme campagnard*, v., 1 a.. » 60
*La Graine d'Épinards*, vaud., 1 acte.. 1 »
*La Grammaire*, vaud, 1 acte......... 1 »
*La Grand'tante*, op. com., 1 acte...... 1 »
*La Grève des Amoureux*, vaud., 1 a. » 60
*Le Grillon*, opérette, 1 acte.......... 1 »
*L'Homme à la mode de... Caen*, v., 1 a. 1 »
*Les Hôtes de la France*, pièce, 1 a.. » 50
*Les Idées de Beaucornel*, com., 1 acte. 1 »
*L'Ile des Sirènes*, revue, 8 tableaux.. » 50
*Impôt sur les Célibataires*, v., 1 a.... » 50
*Jean la Poste*, drame, 5 a. 10 tabl.... » 50
*Jeanne de Sommerive*, drame, 3 a...... 2 »
*Je m'l' demande*, revue, 5 actes..... » 50
*Je suis né coiffé*, fol.-vaud., 1 a...... » 60
*Un Jeune Homme timide*, com., 1 a.. 1 »
*Jeunesse et malice*, vaud., 1 a........ 1 »
*Un Jour d'orage*, vaud., 1 acte...... 1 »
*Juliette et Roméo*, folie-vaud., 1 acte. » 60
*Mademoiselle Pacifique*, v., 1 acte... 1 »
*La Main leste*, vaud. 1 a............ 1 »

*Mamzelle fait ses dents*, com., 1 acte. » 60
*Le Mangeur de fer... à cheval!* par., 2 a. » 60
*Une Mansarde d'étudiant*, dr., 1 a., vers 1 »
*Le Mariage à l'enchère*, com., 1 a.... 1 »
*Un Mariage aux Petites-Affiches*, v. 1 a. » 50
*Le Mari d'un Bas-Bleu*, vaud., 1 acte. 1 »
*Le Mari par régime*, vaud., 1 acte... » 60
*La Marquise de la Bretèche*, c.-v., 2 a. » 60
*Les Marrons du feu*, vaud, 2 actes.... » 60
*Un Martyr de la Victoire*, dr., 5 a. .. » 60
*Mes beaux habits*, coméd., 1 a., vers.. 1 »
*Mesdames Montanbrèche*, com., 5 a.. 2 »
*Les Métamorphoses de Bougival*, v., 1 a. » 60
*Monsieur Fanchette*, com. 1 a........ 1 »
*Un Monsieur qui a perdu son mouchoir*. » 60
*Mr qui veut se faire un nom*, v. 1 acte. » 60
*Nicaise*, opérette, 1 acte ............ 1 »
*Nos Gens*, comédie, 1 acte........... 1 »
*Un Oncle du Midi*, com., 1 a.......... 1 »
*L'Orfèvre du pont au Change*, dr., 5 a. » 60
*La Paix à tout prix*, com., 3 a., vers. 1 50
*Paul et Virginie dans une mansarde*. » 60
*Pavillon vert*, vaud., 1 acte......... 1 »
*Un Pied dans le Crime*, com., 3 a.. 2 »
*La Planète Vénus*, fantaisie musicale. » 30
*Point d'Angleterre*, vaud.. 1 acte..... 1 »
*Le Portrait de Séraphine*, op. c., 1 a.. 1 »
*Prête-moi ton nom*, vaud., 1 a. ...... » 60
*La Pupille d'un viveur*, com., 1 a.... 1 »
*15 Heures de fiacre*, vaud., 2 actes... 1 »
*Les Rentiers*, comédie, 5 actes ...... 1 »
*Le Retour d'Ulysse*, op. bouffe, 1 a... » 60
*Rouen tan plan, tire lire*, 5 a. 20 tabl.. 1 »
*Le Royaume du Poëte*, c.-v., 3 a..... » 60
*Les Sabots d'Aurore*, com., 1 a. ..... 1 »
*Sacripant*, op. com., 2 a............ 1 »
*La Saint-François*, com., 1 a......... 1 »
*Salvator Rosa*, dr. 5 a. 7 tabl., in-8°. 3 »
*Semer pour récolter*, opérette, 1 a.... » 60
*Les 7 Baisers de Buckingham*, Opte, 1 a. » 50
*Un soir qu'il neigeait*, com., 1 acte.. 1 »
*Une Sombre Histoire!* com.-v., 1 a.. 1 »
*La Source*, ball., 3 a. 4 tabl......... 1 »
*Une Tempête dans un arrosoir*, c. 1 a. 1 »
*Les Tempêtes du célibat*, fol.-v., 1 a.. » 60
*Le Testament d'Elisabeth*, dr. 5 a.... 2 »
*Le Tourbillon*, com., 5 a. 6 tabl...... 2 »
*Les Treize*, dr. 5 a................. 1 50
*Le 31 Décembre et le 1er Janvier*, v., 2 a. 1 »
*Les Tribulations d'un témoin*, c., 3 a. 1 50
*Les Turlutaines*, comédie, 5 actes.... 1 50
*L'une après l'autre*, vaud., 1 a....... 1 »
*Les vacances de Cadichet*, v., 1 acte.. 1 »
*Une Victime de l'Exposition*, v. 1 a.. » 60
*La Victoire d'Annibal*, com., 1 a..... 1 »
*La Vie à la vapeur*, revue, 4 a., 6 t. » 80
*Le Wagon des Dames*, com., 1 a....... 1 »

—

*Les Amis de César*, com. rom., 3 a... 2 »
*A qui la Pomme*, comédie, 1 acte... 1 »
*Au pied du Mur*, com., 1 a........... » 60
*Les Caprices de Henri IV*, com., 1 a.. 1 »
*Le Dernier Troubadour*, drame, 5 a... 1 »
*Les Deux Reines de France*, dr., 5 a.. 1 50
*Le Duc de Savoie*, drame, 5 a........ 1 »
*La Guerre des Chouans*, drame, 5 a... 1 »
*Un heureux Débiteur*, com., 1 a....... 1 »
*La Lionne marseillaise*, prov., 1 a.... 1 »
*Le Médecin des cœurs.*, com., 2 a.... 1
*Messaline*, drame, 5 actes ........... 2
*Mort d'André Vésale*, monol., 1 a.... » 50
*Une Revanche de la Guimard*, c., 1 a.. 1 »
*Roland dit Cœur de Veau*, par., 1 a... » 50
*Les Vendanges*, com., 1 a., vers....... 1 50

---

Paris. — Typ. Morris et Comp., 64 rue Amelot.

www.ingramcontent.com/pod-product-compliance
Ingram Content Group UK Ltd.
Pitfield, Milton Keynes, MK11 3LW, UK
UKHW022003260726
13994UKWH00004B/1925